◎名家名作 ◎技道合一 ◎排印标点 ◎图文互征

篆刻小叢書

黄宾虹印学三种

黄宾虹 著 赵希夷 整理

浙江人民美術出版社

图书在版编目（CIP）数据

黄宾虹印学三种 / 黄宾虹著 ; 赵希夷整理. -- 杭州 :浙江人民美术出版社, 2024.4
（篆刻小丛书）
ISBN 978-7-5751-0182-0

Ⅰ.①黄… Ⅱ.①黄… ②赵… Ⅲ.①篆刻－研究－中国 Ⅳ.①J292.4

中国国家版本馆CIP数据核字（2024）第066604号

篆刻小丛书

黄宾虹印学三种

黄宾虹 著　赵希夷 整理

责任编辑　霍西胜
责任校对　罗仕通
责任印制　陈柏荣

出版发行　浙江人民美术出版社
地　　址　杭州市环城北路177号
经　　销　全国各地新华书店
制　　版　浙江大千时代文化传媒有限公司
印　　刷　浙江海虹彩色印务有限公司
开　　本　889mm×1194mm　1/32
印　　张　3.125
字　　数　75千字
版　　次　2024年4月第1版
印　　次　2024年4月第1次印刷
书　　号　ISBN 978-7-5751-0182-0
定　　价　30.00元
如发现印装质量问题，影响阅读，请与出版社营销部（0571-85174821）联系调换。

出版说明

  《黄宾虹印学三种》收录黄宾虹系统研究篆刻史、篆刻理论的著作三种，分别为《叙摹印》《古印概论》以及《周秦印谈》。

  黄宾虹为20世纪艺术巨匠，国画、书法、篆刻、诗文及金石鉴藏方面均造诣颇深。然而，就目前学界的研究热度以及大众爱好者的关注度来看，黄宾虹的书画创作最为后世推崇的。这无疑遮蔽了黄氏在其他方面的成就。至于黄宾虹对于篆刻的研究和实践，则更是很少为世人所关注。事实上，正如学者所指出的："黄宾虹在长达七十余年的艺术生涯中，不仅创作了大量珍贵的书画作品，还留下了众多的学术论著。他从六书上溯至先秦玺印，穷究古文字之源流、演变，在篆刻艺术和古玺印的收集、辑录、整理、出版和研究方面，作出了重大贡献。只是由于他的画名太大，这些学术成就被画名所掩，以致让大家忽略了他在古玺印研究领域的巨大贡献。"（鲍复兴《黄宾虹的古玺印收藏和研究》）

  黄宾虹一生于篆刻上用力勤劬。篆刻不但是黄氏一生的兴趣所在，也滋养了其整体艺术理论思想的形成，是其后期书画革新的重要灵感源泉之一，故而值得今天的我们充分重视。

  黄宾虹最早公开发表的印学论文即为《叙摹印》，乃1907年至1908年分四期连载于《国粹学报》，开近代以来篆刻理论系统研究之先河。全文包括"总论""上古三代：玺印之原始""古印之流传""古代玺印之制"以及"篆刻余论"等三十余则，多为作者取自家之收藏，征以前人之学说而阐发之，其中不乏新意。例如，在"篆刻余论"中黄宾虹提出了"尚古"的印学鉴赏观点："汉魏古印，楷模百世，犹学书者祖钟王，学诗者宗李杜，广搜博览，自有会心。"

《古印概论》，最初载于1930年《东方杂志》第27卷2号。全文分为文字蜕变之大因、名称施用之实证、形质制作之代异、谱录传世之提要、考证经史之阙误、篆刻名家之法古等六个部分，附印拓七方。在《古印概论》中，黄宾虹明确提出古玺印可以"考证经史之阙"，认为"缪篆官私印资于考史，奇字大小铢兼以证经"，可见其印学旨趣已渐由实入虚，更注重对古印背后所蕴含的文化特质、审美精神等的探究。

黄宾虹于《古印概论》中提到："周秦之间，文字由古籀演为小篆，古代白文小印，尤多所见。其书体恣肆奇逸，或同汉隶。"对周秦之间玺印印风的嬗变，表现出了浓厚的兴趣。故而他于1940年在《中和月刊》上专门撰文《周秦印谈》来探讨汉印以前之篆刻发展，进一步指出，当时的玺印"笔画结构，布白分行，较之甲骨彝器雄奇浑厚、趣味横溢，不相上下"。

除此而外，黄氏曾撰写《篆刻新谈》，拟在之前著述基础上，更为系统、全面地梳理传统篆刻史，惜乎中道而辍。从已发表的序言及部分章节来看，大体上仍以《叙摹印》为框架予以补充修正。

此次出版《黄宾虹印学三种》，即据初刊文献，将《叙摹印》《古印概论》以及《周秦印谈》等三种系统研究篆刻史、篆刻理论的著作汇为一编，予以标点整理。同时，我们还随文插配了相关图片，以便读者直观地研读和理解。

需要说明的是，上述三种著作中在初刊过程中曾有附印蜕图片者，故该部分印蜕图片仍保留黑色，置于文末；而新插配的印蜕图片，则以朱砂色（除封泥外）插入文中，借以区分，望读者留意。

整理者
2024年3月

目　次

叙摹印

古印概论

周秦印谈

叙摹印

总 论

汉扬子云称："雕虫小技，壮夫不为。"晋魏六朝，锺
繇、李邕之属，或自镌碑，而制印者恒不一著其姓氏。或谓鞴
炭鼓铸，锤凿成文，皆出自工匠之手。故汉印字法，往往诡
异，理或然欤？乃考秦书八体，五曰摹印；新莽六书，五曰缪
篆。玺印流传，要非古人精意所存，不克完备。岂但运刀之
法，后人难到，即此分朱布白，云蒸霞蔚，未可端倪，何其神
也！唐宋以还，自王俅《啸堂集古录》始稍收古印，杨克一*
《印格》始集古印为谱，吾丘衍《学古编》始详论印之体，遂
为赏鉴家之一种。其后倪云林、沈石田、陆叔平、袁尚之、顾
汝修诸家，皆庋藏印玺，间有谱录。泊周减斋、汪讱庵后先辑
《印人传》，品题益精，搜罗益富矣。今者载籍散亡，遗制罕
睹。而东瀛巧匠，得以美术竞争，寰宇文人，转相夸诧。篆刻
虽小技，苟获穷源溯流，博综今古，可知神州文物之盛，固有
遄趤寻常者，则搜辑旧闻，表敷轶事，其乌能已乎！

---

* "杨克一"原作"晁克一"。《山谷集》题画作所云"观此可知其
人有韵，问起主名，知其为克一道孚，吾友张文潜未之甥也"及晁补之《济
北晁先生鸡肋集》之《赠文潜甥杨克一学文与可画竹求诗》，故改。
黄宾虹于此已有修正，见《古印概论·谱录传世之提要》。

上古三代：玺印之原始

邃古茫眇，金石雕琢，不知所自。黄帝得龙图，中有玺书。禹治水，黄龙曳尾于前，玄龟负青泥于后，龟颔下有印文，皆古文，作九州山水之字。汤克夏，取玺书置座右。《周礼·职金》"物揭而玺之"，郑注："玺，印也。"古昔玺为尊卑通用之称，而其制俱不传。传者自秦始。天子玉玺六，诸侯王黄金玺。"玺"，印文或作"鈢"。列侯印，丞相、将军章。厥后惟天子称玺，臣下曰印章，又曰图记，曰图章。或谓长官曰印，僚属曰记。朱记之制，见于《金史》。盖以前人印泥有用墨者，称朱以别之也。图书云者，都元敬云："古人私印，有曰某氏图书。是唯以识图画书籍，而其他则否。近时私刻印章，概以图书呼之，误矣。"以今证古，自秦迄于近日，可约分为三期：一曰铜玉印之时代，一曰杂品印之时代，一曰刻石印之时代。

亚罗示（商）

翼子（商）

秦汉：铜玉印之时代

　　秦汉印章均用白文，博袤方寸，以金、银、铜、玉为之。职官姓氏，文唯缪篆，平方正直，字体寡圆，纵有斜笔，亦多取巧。章或急就，参差离合，迭然有伦。秦取赵氏璧，刻为国宝。一作龙文，曰"受天之命，皇帝寿昌"；一作鸟篆，曰"受命于天，既寿永昌"。其文玄妙淳古，是为摹印之祖。宋绍圣末年，朝廷得玉玺，下礼官诸儒议。李公麟言："秦玺用蓝田玉，今玉色正青，以龙蚓鱼鸟为文，玉质坚甚，非昆吾刀蟾肪不可治，雕法中绝，真秦李斯所为。"议由是定。文寿丞云：秦小玺其书乃李斯所篆，无豪发失笔，非昆吾刀不能刻。韦续云：刻符书鸟头云脚体，秦李斯、赵高皆善之，用题印玺。凡此诸说，皆极言其印文之工，似非李斯不办；必谓秦玺摹刻，实出斯手，而侪斯于印人之伦，凿矣。

受天于命既寿永昌　　　　　受天之命皇帝寿昌

法（废）丘左尉（秦）

忠仁思士（秦）

宜春禁丞（秦）

西河马丞（汉）

汝南尉印（汉）

武意（汉）

邦印（秦）

高志（秦）

上昌农长（汉）

六朝唐宋：杂品印之时代

　　南北朝来，间用朱文，杂篆混淆，细如丝发。虽其崇尚精致，圆匀秀劲，明粲可叹，然尚狃时趋，古法渐废，良可浩叹。骚人墨客，斋堂馆阁，收藏书画，一一著之于印。其质则有砗磲、玛瑙、象牙、犀角、水晶、瓷料、黄杨、竹根之属，苟适于用，咸备采择。时或内府鉴赏，用于图记。贞观之连珠，宣和之瓢印。巨逾六寸，纤或一钉，变格标新，奏技益巧。李阳冰曰"摹印之法有四"，王梅庵云"印篆之病有三"。功侔造化，冥受鬼神，谓之神；笔墨之外，得微妙法，谓之奇；艺精于一，规矩方员，谓之工；繁简相参，布置不紊，谓之巧。此四法也。何言三病？一曰闻见不博，学无渊源；二曰偏旁点画，凑合不纯；三曰经营位置，妄意疏密。四美咸具，三失尽祛，而摹印能事毕矣。

虎牙将军章（魏晋）

金城太守章（魏晋）

建业文房之印（南唐）

内府图书之印（宋）

都检点兼牢城朱记（宋）

李玮图书（宋）

政和（连珠，宋）

宣和（宋）

元明：刻石印之时代

　　元自会稽王冕，始以花乳石刻印，于是宇内尽崇。处州灯明石，莹洁可爱，灿若灯辉。福州寿山，尚为晚出。产田中者最佳，大河为亚。近坑出芙蓉岩，柔脆易刻。稍通六书之士，咸思奏刀，而攻坚者尠矣。降及有明，吴人徐元懋，出自魏校之门，务以诡激取名，钟鼎古文，屡入摹印，缪妄已甚。何通取历代名人刻为私印，成《印史》五卷。其文虽欲仿汉，而多远汉法，拘牵时俗，疏于考古，以讹承讹，无所救正，识者憾之。中叶以来，文彭、何震最为杰出。三桥以秀雅为宗，其末流伤于妖媚，无复古意。雪渔以苍劲为宗，其末流破碎椔枒，备诸恶状。海阳胡正言欲矫两家之失，独以端重为主，颇合古法。而学者失于板滞，又贻土偶衣冠之诮矣。

王冕之章（王冕）

元章（王冕）

竹斋图书（王冕）

痛饮读离骚（文彭）

琴罢倚松玩鹤（文彭）

听鹂深处（何震）

延赏楼印（何震）

墨庄老农（胡正言）

玄赏堂印（胡正言）

国朝：摹印之复古

　　国初程穆倩精深汉法，而能自见笔意，擅名一代。高西唐、黄凤六、郑松莲得其正传，桂未谷、黄仲则、杨吉人、郑基成皆宗尚之，文秀之中，特含苍劲。浙中丁敬身魄力沉雄，笔意古质，独为西泠诸贤之冠。其摹印也，对晶玉凝神正色，无惰容，无浮气，斌砆如之，凡石亦如之。陈曼生力追秦汉，字字完密，结构必方，特开流派。秘搜冥悟，并驾方舟，则董小池、陈浚仪、赵次闲恒不多让。新安巴予藉、胡西甫，时以篆刻名，稍趋工致，而神采焕发，巧丽惊绝，虽董小池诸君，莫不心折。至若专精籀篆，得其真态，章法刀法，动与古会，惟邓顽伯时多合作。程蘅衫、吴攘之皆能景企芳躅，不失步趋。赵扔叔运思沉着，古味盎然，流动充满，非复庸工所能拟议也。

桐阴别馆（程邃）

桃花关外长（程邃）

凤翰（高凤翰）

下里巴人（巴慰祖）

藕花小舸（胡唐）

香叶草堂（董洵）

醉香道人（黄吕）

玩月畅开怀（胡正言）

此怀何处消遣（黄写仁）

敬身（丁敬）

文章有神交有道（陈豫钟）

阿曼陀堂（陈鸿寿）

神仙眷属（赵之琛）

十分红处便成灰（邓石如）

熙载（吴熙载）

书香世业（赵之谦）

历代伪托前古之印

　　神仙之传，荒诞莫稽。汉巫厌灾，恒多沿袭。尧时有方回者，隐于五柞之山，以泥作印，掩封其户，终不可开。《啸堂集古录》载夏禹一印，实系汉篆，用渡水佩禹字法，事与《抱朴子》所云"古之入山者，佩黄神越章印，往之四方，能避虎豹"，其说相类。《学古编》又辨《淮南子》载子贡印事之诬。有明杭人来行学，自称耕于石箐山畔，桐棺裂，得朱箧一函，内蜀锦重封《宣和印史》一卷，盖南宋以来，好事家宝以自殉者。然隆庆以前诸书不载，同为依托显然。而歙人吴良止精摹汉印，真如旧制出土。乾隆中，黄仲则、巴予藉皆能仿翻沙法制铜印，直逼汉人气韵，较之赝制牟利、土范粗拙者，大相径庭矣。

黄神之印

天帝神师

古印之流传

自明隆庆间，武陵顾氏《集古印谱》盛行于世，印章之学，悉除荒谬，士之好古者，咸知崇尚秦汉。然《印薮》成书，实定名于王百榖。钩摹印篆，多寄梨枣。梓人剞劂，昧于文义，点画异同，纷错莫辨，尚非完璧。汪讱庵起，侨居西泠，酷嗜玺印，不惜重赀，获其旧藏铜印千数百纽，复搜遗佚，广致名流，别精鉴定，成《集古印存》数十卷、《飞鸿堂印谱》四集、《古铜印丛》、《秋室印萃》、《锦囊印林》，共十余种，自来庋藏之富，洵为大观。迭经水火之厄，旧物易主。迨入同邑汪梅影家藏，卷帙犹繁。咸同丧乱，荡灭几尽。今所寓目，什不获一。夫终古珍秘，私于一家，讱庵之举，非欧阳永叔所谓好而有力者，不克臻此。故前乎讱庵者，欲专美而不能；后乎讱庵者，又极盛而难继。吾读汪氏《印存》，不禁感慨系之矣。

《集古印谱》所收"冯霸私印"钤印本（左）与木刻本（右）之比较

铜玉印之制作

　　古者铜印之制，有铸，有凿，有刻。其文最为壮健，和而光者，金印也。柔而无锋者，银印也。刻金、银印皆腻刀。玉用碾，亦用刻，其文温润有神，体格流畅，上古玺印多有之。铸印之制有二，曰翻砂，曰拨蜡。翻砂者，刻木为模型，覆于砂中，法若范泉是也。拨蜡者，刻文制纽，涂蜡以泥，镕铜入窍，自然成文是也。制俱精妙，古擅其长。至若军中授爵，急于封拜，凿以取便，号急就章，其失之率。玉质坚滑，奏刀匪易，呈艺俗工，文多用碾，其失之谬。丰神流动，端重渊雅，位置合宜，不失笔法，秦汉刻印，足称绝技。故论摹印者，谓肇于周秦，盛于汉魏晋，衰于六朝，坏于唐宋元。而秦汉一灯，延以弗坠者，吾、赵复之，文、何继之，派衍枝分，不失其正。振兴绝学，垂诸后世，唯垢道人之力为多。

阿阳长印（汉，铸印）

鹰扬将军章（汉，凿印）

皇后之玺（玉）　　　　　　　　右夫人玺（金）

杂品印之优劣

　　象牙犀角，汉乘舆双印，二千石至四百石皆用之，其质粗软。唐宋之人，制为私印，朱文深细，稍可入鉴，久则欹裂。赵松雪喜朱文印，用玉箸篆，流动有神，宜于刻牙，人多效之。砗磲、玛瑙，其文刚燥而不温；瓷料、水晶，其文坚滑而不润，古多不以为印。六朝之后，时俗好奇，用见私印，而雕琢未良，字体破坏，拘迁蹇涩，往往而是。黄杨、竹根之制，文人游戏，亦或及之，日月迁移，易沦朽蠹，流传不古，大雅弗尚也。他若明珠半丸，文石五色，材非中程，坚或逾玉，虽邀品鉴，入之谱录，要亦各备一体，以集大成。然而印文乖异、屈曲盘旋，论古之士，目为谬品，其视秦铜汉玉，字有损益，必宗籀篆，古朴平直，足以津逮后学，模范百世者，不已远乎？

"青照台"瓷印（宋，佚名）

"秋色老梧桐"竹根印（施万）

"邵长光弢盦之铢"象牙印（童大年）

刻石印之精美

唐武德七年，陕州获石玺一纽，文与传国玺同，作者为谁，迄无可考。刻印用石，由来已旧，当不始于煮石山农也。或曰唐宋私印，已多用之，不耐垂久，今故不传。石凡数种，青金翠石，闽白滇黄，黑如点漆，红侔鸡血，异采错杂，各彰厥美。而莹润可爱，雕刻不俗者，要以青田旧冻为最。盖此石初发明于王元章，而海内士人，因知宝贵，翕然从之。近百年来，松陵王梅沜储蓄称夥，镂刻文字，润泽有光，笔意丰神，方之金玉，难于优劣。然品质不坚，易就磨灭。自来名手，一印之成，辄加煅炼，如土出陶，腠理黝黑，矫柔为刚，得以保存，或视石面，刻划刀痕，示人以止，不复刓弊。近今处州之产，齐于方物，然新坑所获，质多暗劣，较之旧制，无复莹洁可玩矣。

篆刻为文人旁及之学

　　自文徵仲父子步趋前贤，提倡风雅，篆刻之学，三桥独精，时与海阳何雪渔齐名。人谓三桥如汉廷老吏，字挟风霜；雪渔如绛云在霄，舒卷自如，各有其长，冠绝当世。李长蘅、归文休怀吐凤之才，擅雕虫之技，银钩屈曲，典雅纵横。徐髯仙、周公瑕、赵凡夫、黄圣期，后先继起，均收嘉誉。顾山臣、江晚柯、黄九烟、锺孝虎，皆属高才胜流，淹洽群籍。其后若高西唐、黄凤六之兼精书画，程瑶田、桂未谷之湛深经学，黄仲则、郑松莲之绝妙诗词，尤其卓卓表著，照耀人寰。宜乎寸章数字，留秘名家；艺苑文函，务兹至宝矣。夫书契精华，具存金石。曲艺虽微，今古印人，苟非浸淫万卷，炉橐百家，率尔鼓刀，鲜无歧误。后有作者，欲师往哲，不求胜于笔而求工于刀，不亦惑乎？

忧心醉江上（李流芳）

寒山（赵宧光）

剪云补衲（归昌世）

趣在有无间（张燕昌）

十虔竹（桂馥）

新安篆刻之学派

　　篆刻之学，昔称新安，甲于他郡。汪山来之包罗百家，朱修龄之模仿入妙，刘卫卿之博通籀篆，刀笔古朴。山来传王言，修龄传汪如，卫卿传赵时朗、赵端、汪以涝，渊源相接，咸有出蓝之誉。其最著者何雪渔，以绝艺冠于时，梁千秋传其学。梁之侍姬韩约素镌刻尤胜，秀妙绝伦，周栎园所称"钿阁女子"是也。程穆倩、汪虎文以艺事相交善，去其奇古，专崇秦汉。穆倩早从陈仲醇、黄石斋诸君子游。万年少精通篆刻，结契尤厚，晚年侨寓邗江，学者宗之。虎文产于燕，游于吴越。而浙人徐念芝、吴人杨敏来得其传，皆称名作。学风所扇，流被海内。赵恒夫言篆学图书，多出新安，殆非过语。其后程萝裳，列汪稚川、巴予藉、胡西甫于垢道人之次，摹四子印二册，典型不泯，卓然可观，世无中郎，得见虎贲矣。

钱谦益印（朱简）

青松白云处（梁袠）

吴下阿蒙（韩约素）

茶熟香温且自香（程邃）

印文歧异之原因

古者诸侯，书不同文，故印篆各异。汉承秦制，试以八体，吏民书不正者，辄以劾之。马援上言城皋令尉，一县吏长，印文不同，事下大司空正郡国印章。在昔考古同文之世，尚多讹异，时代变迁，不相沿袭，制作殊体，良有以也。有明赵凡夫言，秦汉朱文，刻符体也，任字略章。玺书诸文，古皆用之。汉白文印，摹印体也，章不摄字。六代而下，时皆用之。自唐以后，李阳冰、僧梦英、程南云、李东阳、文氏父子，多近于缪篆，周伯琦或近于玉箸文，非不流派显分，途径各判。然而俗士鲜谙六书，浪谈籀篆，狃于习熟，自成风气。圭角剥泐，则古岸惊众；杜撰增芟，而新奇自夸。诚逸少所云"不见张碑，徒劳岁月"者欤？辗转相仍，袭讹承谬，匪蹈险怪，即伤柔靡，篆刻之坏，其在斯乎？

古人相印之术

《汉》志艺文，载形法六家，列相宝剑刀二十卷，不言相印。魏晋间，陈长文称汉世有《相印经》，与相笏之书并传于世。因以相印之法，语韦仲将。印工杨利又从仲将受法，以语许士宗，所试多验。许允善相印，出为镇北将军，以印不善，三易其刻。印虽始成，知已被辱，问送使者，果怀之而坠于厕，亦如其言。夫器物形容，占以法术，休咎之兆，虽什得九，非唯幸中。术士矜异，惊骇世俗，傅会之说，不足凭也。然自历代禅位，揖逊相授，玺印流传，珍为共守。在君则封册畿服，表信神祇；在臣则授职君上，显用民下。吉凶存亡，于兹系焉。故术数家言，得资依附。语多不经，特识闳儒，弃而弗录，其书不传。世代绵邈，无所称述，遂并古人制作技能，同归澌灭。吁，可嘅已！

考证古今玺印

米元章撰《书史》，卷末论私印一条，亦谓印关吉凶，历引当时三省印、御史台印、宣抚使印，皆以篆文字画卜官之休咎。是古虽有此法，元章未能真得其传，殆谬为傅会，徒自矜异，无足称者。然其评论书画真迹，始自西晋，迄于五代，凡印章跋尾，俱详载之，亦足资评论玺印之证。吴人朱象贤，诞生明代，采录印玺故实及诸家论说，作《印典》，分十二类，所引宋王基《梅庵杂记》《蜗庐笔记》、叶氏《游艺杂述》、元宋无《考古纪略》，书凡四种，皆得之檇李曹氏钞本，为诸家所未见。虽其援据淆杂，滥收故事，漫无考辨，为世所嗤，而集古印事成书，实象贤始。《鹖冠子》曰："中流失船，一壶千金。"晋唐而后，士习虚憍，耻谭艺能，缪篆源流，崭然中截。考古之士，藉为征引，其书留存，未可尽废也。

集古印谱之源流

宋代以前，玺印流传，皆无谱录。自王子弁辑《集古录》，中载古印数十纽，后世考定金石之文，多旁及于玺印。方以智著《通雅》，冯晏海著《金石索》，皆仍之。而集古印为谱者，倡于杨克一。初名《图书谱》，又名《集古印格》。嗣有王厚之《复斋印谱》、颜夏《古印谱》、姜尧章《集古印谱》、赵子昂《印史》。吾丘子行复因诸家谱录，辑古人《印式》二卷、《学古编》一卷，专论摹刻印章。明徐元懋谓其多采他家之说，而附以己意，剖析颇精。然元懋撰《古今印史》，动引六书，转多乖谬。王常搜辑古印，摹刻成谱，经顾汝修鉴定，今称《顾氏印薮》。凡所收采，自其家藏，以及好事者之所获，曾经寓目，咸以硃摹其文，兼择宋元流传谱录，区以四声，详其形制，颇称闳富。梁溪程彦明又本《印薮》，成《古今印则》数卷。其后汪讱庵《集古印存》而外，掣经之士，校勘古书，金石摩挲，皆通玺印。化形之鹊，披榛而求；曳尾之龟，斫土斯出。官私并录，铜玉均采。传之挽近，未易缕述也。

印譜乃為古今攷連仗
繫其道邑大汲古之士
火襄舉而縷究之周禮
璽節及職金枋而璽之
之說皆手持之節與摸
印不同秦氏璽皆正文

汪启淑《集古印存》书影（清乾隆间刊本）

古今印文之变迁

　　鲁曾煜叙讱庵《集古印存》，称《周礼》玺节为手持之节，与模印不同。秦氏玺皆正文，印则字反。迨汉和帝改千乘王宠国为乐安王，始有官印，张细君始铸私印。陆深曰，汉印古朴，皆用白文。晋印用虎爪书、偃波书，雅俗相兼。唐易朱文，文多曲屈，效李阳冰笔法，亦自可观。五代印少见嘉者。宋印多不拘绳墨，若米、蔡二家，其出类者也。朱简曰，唐以填篆作印而印缪，宋元嗣其余派，尤不足观。何震曰，圜朱文，始于赵松雪诸君子，殊不古雅。然师心好古，力振颓波，其合作者，文婉丽而多姿，虽高古微逊汉晋，而超时越俗，亦荒莱之特苗，卤田之善秀。但篆刻诸家，不工圜朱文者，其白文必不能佳。故知汉印精妙，实由篆法，不求工致，自然成文。近代摹印，吴人宗顾云美，新安宗程穆倩，武林宗丁龙泓，骎骎入古，衣钵相承，至今未艾，可谓盛矣。

米黻之印

蔡京珍玩

古代玺印之制

秦始皇并六国，得赵氏蓝田玉，命李斯篆，玉人孙寿刻之。后有向巨源、蔡仲平摹，文虽小异，大概可推，方四寸。汉末记载，孙坚讨董卓，得传国玺，方圆四寸。《玉玺谱》云：慕容永称蕃奉玺，方六寸，厚三寸。《凉州记》云：陈平仲得玉玺，博三寸，长四寸。汉魏六朝，印章之体，尠逾方寸者。间作条方，均为正式。唯军曲印，有椭圆。宁阳丞印，体圆而字方，鉴古之家谓经后人磨错，疑非古制。乃抑方则方，抑圜则圜。若玺于涂，载之《吕览》。傅玄《印铭》亦曰"文明缜密，直方其德"。从古玺印，职在司空，掌以少府，广博不侔，尊卑有常，自当别论。官私诸印，以寸为准，以方为率，品制厘定，铜玉皆然，未容舛谬矣。

宁阳丞印

淮阳王玺

文帝行玺

古今印制之殊异

　　印在秦汉，为佩服之章，不施奏牍。六朝因之。唐则龟鱼代印，而作大印。宋因唐制，诸司皆用铜印，自二寸一分至一寸六分，以印之大小，为级之崇卑。士庶及寺观，皆有私记。李白时《草堂十志》，有刘娘子诸印记。祥符五年，诏禁私铸，止得雕木为文，大亦方寸。明惟将军用柳叶文，虎纽；内阁用玉箸文；监察御史用八叠篆文；余俱九叠篆文，皆直纽。一二品用银，余皆用铜。徐官云，九叠篆文，犹汉之缪篆，又名上方大篆。惟官印则可，文用九叠，而朱以曲屈平满为主。刘钦谟谓取乾元用九之义，其说近是。钱泳云，唐宋人无用秦汉法者。官印今有清篆，分三十二体。至摹私印，虽无定法，而二名分为两行，回文施之复姓，以及连环、宝鼎、太极、葫芦，怪异之形，鳌古莫甚焉。

绍兴襄阳府印　　　　　　　佩六相印之裔

古印成文

汉印文辞单简，太初元年更增印字。若丞相，则曰"丞相之印章"。汉据土德，土数五也。私印用名，或用表字，间用"日利""富贵""宜子孙""出入大吉"等语，意义淳朴，弗尚繁缛。道号始于唐，以之作印自宋始。如称某道人、某居士、某山长是已。缀于表字、道号之下者。曰"白笺"，曰"启事"，用于"书柬"。曰"珍赏"，曰"审定"，用于收藏。堂名印始于李泌，有"端居堂"白文玉印。斋轩等印，实其滥觞。制虽工巧，尚不伤雅。后人于引首、押脚、闲杂等印，撷取成句，已非古制。况秉性严毅者，好崇道学；天姿潇洒者，托怀绮丽；境遇拂逆，则词旨牢骚；性情奇谲，则文义险僻，按之词气，类多偏毗。苏啸民谓于六经诸史，非有裨世教，即取风雅宜人者，庶无斯弊。然印以昭信，当用名印为正。至若诗词多字，虫鱼异形，逞奇斗巧，紊乱旧章，非不趋时悦俗，而古人制作之精意不存，难为真赏者取也。

端居室

日入千石

封完

君子有常体（归昌世）

家在齐鲁之间（高凤翰）

句曲外史张天雨印（张羽）

风流不数杜分司（徐三庚）

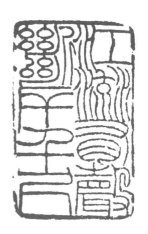

江流有声断岸千尺（邓石如）

摹印篆法

　　汉人之印，累累可睹，传于今者，不啻千百。其文增损，常殊小篆。盖古之印章，所以示信，欲人辨识，务肖本形。近隶而不用隶书之笔法，纯出周籀，不悖六义。钱梅溪亦言汉人缪篆，参杂隶法，不足以引证《说文》。夫篆书以清员劲拔为上。秦李斯真迹不可复睹，唐李阳冰乃斯之复出也。自江南徐鼎臣（铉）始变而为肥，已远于古。然笔势纵横，不失真意。方孝孺谓赵子昂素爱鼎臣书，所作籀篆，多类鼎臣，当世学者翕然从之。有明一代，士夫多崇伪书，奇字古文，往往拦入摹印，竞炫奇博。而周秦款识，原不施之玺印，后人每取用之，合作朱文，位置得宜，非均杂凑，尚可入鉴。否则狐裘续貂，缁衣补缟，徒劳神虑，献笑大方而已。

李斯、李阳冰、徐铉、赵孟頫篆书书风之比较

缪篆笔法

　　缪篆笔法，渊源古人，自不待赘。然贵结密，亦贵宽裕。随意则板，弄巧反拙，按籍形模，终难超乘。欧阳八法，谓如高峰之坠石，万钧之弩发，可悟用笔之理。程彦明曰，摹印诸法，婉转绵密，繁则减除，简则添续，终而复始，首尾贯串，无斧凿痕，此章法也。圆融净洁，无懒散，无局促，经纬各中其则，此字法也。清朗雅正，无垂头，无锁腰，无软脚，此点画法也。神欲其藏，而忌于暗。锋欲其显，而忌于露。神贵有向背，有势力。脉贵有起伏，有承应。筋胜则神固而不散，骨全则笔劲而不弛。一画之势，可担千金。一点之神，可壮全体。泥古者患其牵合，任巧者患其纤丽。故篆有体，而丰神流动，庄重典雅，俱在笔法。屈伸俯仰，轻重精细，无不适宜，方为合格，良非易也。

邓石如、赵之谦、吴昌硕、黄宾虹篆书书风之比较

摹印刀法

　　笔有尖齐圆健，刀宜坚利平锋。故用笔有中锋，运刀亦然。当如大匠斫轮，进退疾徐，刚柔曲直，收往垂缩，纵横舒卷，得心应手，行乎神悟。用刀有起，有伏，有住。一刀既施，一刀又下，谓之复刀。刀势平覆，恍若贴地，谓之覆刀，亦曰平刀。既往复来，谓之反刀。疾送若飞，谓之飞刀。不疾不徐，欲抛还置，将放更留，谓之挫刀，亦曰涩刀。刀锋相向，两边磨荡，如负芒刺，谓之刺刀，亦曰舞刀。既印之后，修饰匀称，谓之补刀。连去取势，平贴取式，速飞取情，缓进取意，往来取韵，磨荡取锋。起须着落，伏须含蓄，补须玲珑，住须遒劲。何主臣言刀之病六：一曰心手相乖，有形无意；二曰转运紧苦，天趣不流；三曰因便就简，颠倒苟完；四曰锋力全无，专求工致；五曰骨意虽具，终未脱俗；六曰或作或辍，成自两截。故笔有意，善用意者驰骋合度；刀有锋，善用锋者裁顿合法。刀法之妙，求之笔法，思过半矣。

黄山山中人（黄宾虹）　　　　　　　虹庐（黄宾虹）

黄质宾虹（黄宾虹）   冰上鸿飞馆（黄宾虹）

玺印之朱白文

　　白文本缪篆，姿势壮健，则古雅可观；朱文用玉箸，布置清疏，则流动有神。往古玺书，封以紫泥，余皆折简封蜡，字文隆起，故谓阳文。后世制有印泥，其文虚白，又曰阴文。体用名称，古今违异。六朝用朱文，有半朱半白相间相并者，皆汉后之制。顾云美曰：白文转折处须有意，非方非圆，非不方不圆，天然生趣，巧者得之。吴先声曰：白文任刀自行，不可求美观，须时露折钗股、屋漏痕之意。吾丘衍著《学古编》，言朱文须清雅而有笔意，不可太粗，亦不可盘曲，致类唐篆。大约白文多逼边，不可有空，空便不古。朱文不可逼边，逼边便板，须当以空白得中，为离合之远近。间用杂体，不可奇怪。古刻妙者，或剥落如断纹，纵横如蠹蚀。此皆自然，非由造作。强取古拙者，譬若稚子学老人语，謦欬失真矣。

杨遂成印

随盒

谢稚印

品题摹印

雕刻虽小技，大都与人品相关。夫寄兴高远者多秀笔，襟度豪放者多雄笔，其人俗而不韵则所流露亦如之。印之有品，约分数端。气韵高举，丰致蹁跹，如天仙下游者，逸品也。奇正秩运，错综变化，如生龙活虎者，神品也。欲备诸法，斐然成文，如万花春谷，炮烂夺目者，妙品也。集长去短，自足专家，如范金琢玉，各成良器者，能品也。昔人论篆有云，点不变谓之布棋，画不变谓之布算，方不变谓之斗，圆不变谓之环。周应愿谓其善状，若为摹印发者。故错综变化，遇于端庄；丰神跌宕，全关天趣。世有诸体皆工，而按之少士人气象，终非能事。唯胸饶卷轴，外遗势利，行墨之间，自然尔雅，不纤不俗，斯为美备。若夫邪谲自喜，未解提刀，怪状奇形，辄曰仿古，嫫母效颦，益增其丑耳。

侯志　　　　　赵宧光印　　　　　茶龛

宝爱古印

有明王凤洲题跋名印，"世贞"作"世昌"，或谓其曾获汉印用之。全椒金兆燕得棕亭印，因以为号。江阴张怀白得"张长生"印，亦号长生。镇洋支元福得顾阿瑛刻"玉山完璞"竹根印，遂更名璞，号玉山。吴江翁广平得程穆倩为朱竹垞刻印，曰"老为莺脰渔翁长"，遂号莺湖渔父。吴县陈栻游黄山，得钿阁女子韩约素刻朱文"眉生"二字小印，昆山夏翚得约素并梁千秋刻二印，其一曰"一片潇湘古意"，其一曰"烟波雪浪中人"，皆深自宝爱，或钤于画。历城朱文震有卓文君印，欲俪高凤翰所藏司马相如印，密托卢雅雨索觌，而不可得目，谓比印于山妻。新安汪启淑见钱泳案头鼻纽杨恽印，乃长跽而求之。文人好事，播之艺林，称为佳话，良有以也。

"司马相如"及"卓文君"印（选自明何通《印史》）

印 纽

考之往古，悬印有钩，承印有绶，伏印有笴，盛印有囊。《汉旧仪》：天子以玉，螭虎纽；诸侯黄金玺，橐佗纽；列侯、太尉、三公、将军，黄金印；二千石，银印，龟纽；千石至二百石，铜印，鼻纽。余有辟邪、狻猊、狮、伏熊、豸、马、羊、兔，则取诸兽类；有鸳鸯、鹰、凫，则取诸禽类；有鱼、虯、蟾蜍，则取诸鳞甲昆虫类。它若山坛、台、亭、轮、钱、瓦、索、覆斗、连环，皆为汉魏之制。辽有枃笮印，鸷鸟为纽，意取速疾，用之行军。非惟威猛者虎，意在服群，左顾之龟，劳于更铸，为见珍重也。然制纽无专工。后有粤人黄仲亨以善制印纽名于世，于是磋牙砺石，山水人物，争极玲珑，奇巧阿俗，徒供玩好，典雅古朴，方之古人，恒多不逮。专精艺事，岂易言哉！

台纽

瓦纽

龟纽

篆刻石章

周栎园言，印章篆刻，莫妙于市石。老坑旧冻，虽足宝贵，物经易主，名人镌篆，随之而去。故市石之形，百年不改。文寿丞善镌牙章，王禄之好作黄杨印，皆因石质较重，不便行箧。先哲摹印，亦不废此。但石印易工，缪篆笔意，展舒从心，小则运指，大则运腕，润泽有致。刻大印璞，磨砻中间须令微凸。陆深谓朱白印文，皆于边道有功。印石平正者，垫纸匀称，尚忌丰腴，大方寸者约十余层，或五六层。印章用毕，拭以新絮，其质柔软，揩去垢腻，致免损痕。盖青田石文之力易磨，多印少藻。妄意毁折，貌取古拙，殊堪喔嗉。或云钝刀制印，易于入古，亦非知言。刀身端厚，锋铓铦利，摧坚攻靷，宛转流通，自无凝滞。夫乔松百尺，茂蒨葱郁，天然苍秀，而荒榛断梗，触目芜薉者，其可同日语哉。

吴昌硕所刻"鹤庐"印石及印面

篆刻余论

汉魏古印，楷模百世，犹学书者祖锺、王，学诗者宗李、杜，广搜博览，自有会心。学汉印者，得其精意所在，取其神不必肖其貌。如周昉之写真、子昂之临帖，斯为善学古人。李阳冰曰，于天地山水得方圆流峙之形，于日月星辰得经纬昭回之度，于云霞草木得霏布滋蔓之容，于衣冠文物得揖让周旋之体，于须眉口鼻得喜怒舒惨之分，于禽鱼鸟兽得屈伸飞动之理。乃知夏云随风，担夫争道，观荡桨，听江声，见斗蛇，皆进于书法。古人篆刻，何独不然！明自文寿丞开铁笔生面，寓巧于法，存质于文，镌刻印章，冠绝当世。因仿梁武帝评书，列论运刀诸法；袁三俊论篆刻，著《十三略》；段玉函广阳冰神奇工巧之旨，著"笔法""刀法"论；桂未谷本吾丘衍《学古编》，《续三十五举》成编具在，皆资考证。学士大夫观于古今印谱，岂唯先民艺事，毕见精深，即秦汉魏晋六朝职官及蛮夷诸印，而因革废置，代有不同，实可表里史传。从古奇杰，殊勋异能，兹睹姓氏，心仪其人，令名昭著，与印俱传，千古不磨，虽日月争光可也。

古印概论

文字蜕变之大因

一、肖形　图画象形，有夏商周秦之印

二、奇字　古籀同体，多不可识之字

三、小篆　周秦之间，与玉箸文多相类

四、缪篆　汉魏官私印章及王莽时印

上古由图画象形，进而成为文字，有古籀篆隶之递变。观于钟鼎款识、碑碣镌刻，可知书画原始合一，日久渐分，马迹蛛丝，尚易寻获。古印文字，至为淆杂，今据图画象形之印，品类尤多。以体言之，一名肖形印；以用言之，又曰蜡封印。其实古代常用于封泥，后世因趋便易，用为封蜡。初不限于图画与文字之别。而图画象形之印，当以肖形定名为确。肖形诸印，有龙凤、虎兕、犬马以及人物、鱼鸟，飞潜动静，各各不同，莫不浑厚沉雄，精神焕发，与周金镂采、汉碑刻画相类。虽其时代未可断言，而要有三代流传最古之物。陈簠斋与王廉生书云："圆肖形印，非夏即商。"是可取以为信。昔人龙

先秦两汉时期各式肖形印

书、虎书之说，必待傅会于古神圣以实之，抑已诬矣。至于殳书、鸟篆，字体匀称，笔法整齐，古印之中，尤所习见。意其文字已属西汉而后，仅可谓为缪篆之殊体，而非三代图画象形之文字可知也。

三代有印，古人言之凿凿。考其文字，或与殷虚甲骨、周金彝器，往往相合。要之，玺印为用，创始邃古，称盛晚周。古籀之遗，恒多六国文字。列强殊势，各自为书，书不同文，形状诡异。诸侯恶其害己，尽去其籍。继之秦火，加以统一。学者赖有许氏《说文》，得觇古文籀文。三代奇字，所共留垂宇宙者，壁经之余，惟以古印为夥。文有朱白，时有远近，变体殊制，颇不易明。昔之谈金石者，又常置古印于彝器之外，弃而不录，多闻阙疑，而能识其文字者寡矣。

周秦之间，文字由古籀演为小篆，古代白文小印，犹多所见。其书体恣肆奇逸，或同汉隶。陈簠斋《印谱》次于奇字古印，别为周秦之间，自成一类，其中容有西汉之初。盖古印文字，代有变迁。至新莽之世，拘泥愈甚。东汉官印，有五字成文者，近人多称莽印。平方正直，渐失古籀遗意。私印亦然。宋元以来，学者称谓缪篆，皆以东汉官私古印当之，并又目为秦玺，如顾氏《印薮》言秦九字小玺之类。（见顾氏《印薮》）今以文字证之，不过东汉物耳，必非秦也。六朝、唐、宋，篆法衰微，任意穿凿，讹误尤甚。前清咸同之际，三代、周、秦古印，发见既繁，谱录迭出。因识古文奇字籀篆各体，编辑成书，高南郑升古奇字印于官私印之上。吴愙斋著《古籀补》，始收古钵文。嗜古之士，相继而作。蒙亦搜集古印拓

公孙达之钵

盛固

孙襄

鲁言讯钵

军司马丞印（新莽）

军司马丞（新莽）

校尉之印章（新莽）

安昌侯家丞（新莽）

"匈奴相邦"印蜕及印面

本，类纂奇字，多前人所未著录者，数以千计。地不爱宝，日出无穷，思加编辑，无虞散佚焉。余曩获"匈奴相邦"印，并知古代匈奴文字同于先秦，有足征也。

"匈奴相邦"玉印，海宁王静安国维跋云："印藏皖中黄氏。其形制文字，均类先秦古钵，当是战国讫秦汉间之物。考六国执政者，均称相邦，秦有相邦吕不韦戈，魏有相邦建信侯剑。今观此，知匈奴亦然矣。史家作相国都尉等。而《匈奴列传》记匈奴官制，但著左右贤王以下二十四长，而不举其目。又言二十四长，亦各自置千长、百长、十长、裨小王、封都尉、当户、且渠之属。《汉书》'相'下无'封'字。相封，即相邦，古'邦''封'二字，形声并相近，易'邦'为'封'，亦避高帝讳耳。惟《匈奴传》之'相封'，谓左右贤王以下所置相。匈奴诸王，各有分地，大略如汉之诸侯王，其相亦当如汉之诸侯相。此匈奴相邦，则匈王自置之相，略如汉之丞相矣。匈奴遗物，传世者惟汉所赐之匈奴官印，其形制文字，自当与汉印同。此印年代较古，又为匈奴所自造，而制度文字，并同先秦，可见匈奴与中国言语虽殊，尚未自制文字。"云云。（下略，见《观堂述林》。）

名称施用之实证

一、持佩之用　　瑞玉　符节　玺印　刚卯

二、封检之用　　封泥　镕蜡　朱记　墨记

上古以玉为信，人执之以相见，因谓之瑞玉，引伸之为祥瑞，谓感召若符节然。许《说文》段注："瑞为圭璧璋琮之总称。"自天子而下，以为祭祀朝聘之用。许《说文》曰："瑞，以玉为信也。"又曰："卩，古节字，瑞信也。"又曰："印，执政所持信也。"段注谓有官守者，皆曰执政。《周礼·掌节职》云："货贿用玺节。"郑注："主通货贿之官，谓司市也。"凡在官所持之节信曰印，古上下通曰玺。许《说文》曰"玺，所以主土"。今古印玺，秦汉以前作鉨作坅，从土从金，尔，尔省文，亦作亦。曰瑞，曰节，曰印，意本相通。齐竟陵王子良合秦书八体之刻符、摹印为一，见王渔洋《跋阆左汾印谱》。印之名称，施用不同，而要为行者所执之信，可无疑义。周秦之先，玺印文字，镌摹古籀，间用正书，拓出观之，成为反文。初非为合泥封之用，犹是执以取信之物而已。为持为执，或又言佩。《史记》：苏秦佩六国相印。高诱注《淮南子·说林训》云"龟纽之玺，贵者以为佩"，注："衣印也。"印而称衣，乃常佩以为饰之意。汉代涂金官印，文甚纤细，至不可拓，疑即佩印。《后汉·舆服志》"佩双印，长寸二分，方六分，文曰正月刚卯"云云，凡

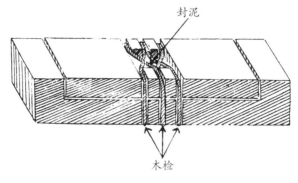

封泥封检使用示意图

"轪侯家丞"封泥实物及其出土情形

六十六字。是刚卯亦可称印，取以为佩也。

　　书简用泥封之为信，名曰封书，其来已旧。鲁襄公在楚，季武子取卞，使季冶追逆，而予之玺书。见之《国语》。注：玺，印也。玺书，封书也。《玉海》引《世本》云："鲁昭公作玺。"襄公在昭公以前，即已有之。诸侯用于其国中，公卿大夫用于其采邑。以简册书之，而寓书于远，必用布帛，检之以玺，取泥抑之。《淮南·齐俗训》曰："若玺之抑埴，正与之正，倾与之倾。"玺之抑埴，即今俗云以印印泥也。蔡邕《独断》言皇帝六玺，玉螭虎纽，皆以武都紫泥封之。官私玺印，亦有用青泥者，后世代之以蜡。元明拓印，有朱记、墨记之分。近三百年来，多用印油。清初汪镐京有制印泥方，实非泥而特假泥之名耳。古印又施于陶器。近出潍县泗城一带，其款识间有若今存古钵者，可证古钵印之一。余获陶片，直作六字大钵，更可增为确证。

形质制作之代异

白文　朱文　印纽　金银铜玉　子母穿带

三代、周秦古印，形式似无定制，大者数寸，小至累黍，精粗优绌，关于国界之文野、时世之远近，谅复不浅。文字之外，审其制度。今就其外貌之易见者论之：古印文字，凹者为白文籀，凸者为朱文。三代之印，白文作古籀，每多边阑。不外有阑、无阑两种，是其大凡。阑之中或有界，或无界。界有有竖无横者，有横竖短长者，亦有横竖作"十"字格甚为整齐者，又有横竖"十"字格而无边阑者。三代之印，宜以无阑者制作浑朴为尤古。阑有四面高起，而文字洼下者，古人用之封泥，较为明显美观。今用印泥平拓，往往四角模糊，如肖形印然。肖形印者，白文多无阑，其图画洼下之处，常有细纹突起，亦便施于泥封之用。周秦之际，官私印皆有阑，一如三代之印，惟文字作小篆，亦有无阑者，可于制纽上领悟之。然汉魏、六朝印，间或有阑，审其文字制作，可以判断也。

朱文三代古印，边缘有阔狭。图画文字，每多镕范铸成之，深细工致，精妙不可思议。缘内有横竖界者尚罕。奇形异状，较白文古印为多。有圆有方，是其常制。或有一印分为四体，作四小方形者；有一印分为三体，作一三角、一方、一圆者；有一印分为三体，作三小圆形者，种种诡异，非见印拓，难于言状。肖形印，低洼之中，间有三代文字。此为极尠，颇

日庚都萃车马（战国）

连尹之铼（战国）

侯鲜（战国）

"玉仆""尹是"等泉纽印拓片及印蜕

不易拓。至汉魏官私印，朱文多平直少致，善鉴者不待见纽而知之矣。

三代印纽，多制方圆坛式，以象封禅筑坛。间有亭式，高至两层。或平薄如片铁，形似绳纽，制极简略。或坛纽印上，四面钻凿云雷、香草、网文，及嵌金银片者。肖形印尤多奇特。其印文为禽鱼鸟兽之属，下凹上突，印纽四旁，皆成物象隆起，即其封泥图画之形。惟蟠螭虎纽，不可多觏。余蓄有飞熊纽古印，制作极浑朴，而意匠颇工，文字作"敬正公"三字，三代物也。

印纽必有穿。间有无穿者，非关剥蚀，印幂有蟠蟒形，圆扁无穿，不可以手指撮，文一字曰"共"，是创制也。印纽穿孔，多左右向相通作横式，便于系组。亦有易横为竖者，三代之印为多。纽上或作铜鐼，高寸余。余得一纽，已锈蚀不可转动。亦有铜环细如箸，大如拱璧，旁铸扁方印突出，文曰"邴博"，殆姓名印，便于悬肘，非昔人所谓肘后黄金者耶？泉纽印，向不数觏，清咸丰初，秦中颇多出土，皆工妙可玩。印甚小，纽大且倍之，或数倍之，有绝大者。或两面均作盘螭文；或两面均围列小五铢泉四，间以四圈，圈中各一星，中则"常宜子孙"小泉一，纽上均有穿。其环列小篆书十二字者，尤精好。此类颇繁，鲍子年多有拓本。钩带印形尤异。三代印有白文、朱文之异，或方或圆，或扁方、椭圆不同，官印、私印兼备。钩带或镶嵌金银花纹，长者尺余，短亦数寸不等，可于文字制作辨其时代焉。子母套印，母则纽铸母兽，子则子兽，套成如母抱子。字多朱文，母作"某某印信"，子或两字为多。

魏嫽（玉印）　　　寿佗（玉印）　　　桓启（玉印）

穿带印，两面姓名，各或不同。亦有三代、周、秦之物，形质较汉魏为尤小，因文字可想见也。

晋卫宏云：秦以前，民皆以金玉为印，唯其所好。秦始皇时，天子独以玉，号称玺，臣下莫敢用之。古印有玉，有石，有琉璃、象牙、犀角，不一类。近时发现尚多，而玉印精美者尤罕。纯黄金印不易见。银印，官私杂印均有之。铜印中每有金属剂合之品，如《周礼·考工》所记，今已不详。近观新出土者，有黑如漆，莹如瓷，为紫褐色者常多银，作青黄色者谓多金，然皆有铜质为主以掺合之，故露微绿色。惟絜刀刻字，周秦古印体质研炼，工尤精密，入土数千年，燥湿不能剥蚀，锋芒闪烁，如发新硎，是可异已！

谱录传世之提要

宋代官私各家印谱之发端

元明清各家印谱之优劣

近代鉴藏古印之精审

宋政宣间，搜罗古物，流风广煽。《籀史》所载，著录金文之书至三十余家。古印有谱，亦始于宋之宣和，名《宣和印谱》，四卷，久已不传。其后杨克一有《集古印格》一卷。克一为张文潜甥，著有图谱，为宋人印谱之先声。（《郡斋读书志》载《印格》一卷，杨克一撰，张文潜为之序曰："克一性好古印章，其父补之大爱之。"按，《紫微诗话》："杨念三丈道孚克一，张公文潜甥也。"又黄山谷、晁无咎并有题杨克一画竹诗，似克一本杨姓而非晁。）王厚之《复斋印谱》一卷，颜叔夏有《印古式》三卷，姜夔《集古印》三卷，俱传有谱。惟王俅（子弁）《啸堂集古录》、元吾丘衍（子行）《学古印式编》，盛称于世。钱舜举、赵孟頫（子昂）有《印史》，杨遵（宗道）有《集古印谱》，钱唐叶景修有《汉唐篆刻图书韵释》，长洲沈润卿又以王顺伯、赵子昂、钱舜举、吾子行及子行弟子吴孟思所摹，与其所未摹者刻谱以传。而郎瑛（仁宝）《七修类稿》偶记所见，非专言印者也。

自元迄明，武陵顾世安搜罗最多。其子汝由、汝修、汝和，孙天爵，历三世收藏，得玉印一百六十有奇、铜印

秦漢小璽

疢疾除永康休萬壽寧玉印螭鈕　　此秦九字璽文乃

李斯小篆轉折之妙非昆吾刀不能刻也此印亦曾入

清閟閣

萬歲玉印以鈎爲鈕　予嘗見顧汝脩家藏此印乃右

用玉鈎也上正刻萬歲二字故印則反耳翻刻皆正文

誤

张学礼《考古正文印薮》书影（明万历刊本）

一千六百有奇，成《顾氏印薮》，蔚称广博，风行海内。其后
云间潘源常（云述）作《集古印范》，江都张学礼（诚甫）辑
《考古正文印薮》，京口刘汝立（思礼）为之同选，金陵甘旭
作《印正》，朱简（修能）作《菌阁藏印》及《印经》、《印
品》，要多以《顾氏印薮》为蓝本，摹刻而增损之，讹谬已
甚。歙人王常延年，于上海顾氏、嘉兴项氏所藏，鉴出宋元缪
印十之二，为《集古缪薮》及《秦汉印统》，而滥收赝印为仍
复不免。盖秦豫以官印胜，齐鲁以古印胜。小古印阔缘者，旧
谱以为秦物而不收，大古印以为废铜，销毁者多矣。

　　明代《印薮》《印统》，虽成谱录，出自钩摹，锓之枣
木，展转失真，多漓古意。其时武平郭宗昌（胤伯）成《松谈
阁印史》，其辑录繁多，虽不逮于顾氏，而其印多为出自秦中
之物，非徒袭人旧藏，鉴者韪之。明季四明范大澈（子宣）
有《集古印谱》，太仓赵宧光（凡）夫有《摹古印谱》。康熙
中，当湖陆光旭（鹤田）有《居易轩汉印谱》，长沙吴观均
（立峰）有《稽古斋印谱》，海阳胡正言（曰从）有《印薮》
《印品》《印赏玄览》，又嘉定金惟骙（叔良）有《卧游斋印
谱》，刻之乾隆中，均不多观，瞿木夫尝称之。乾嘉之际，仪
征阮元芸台有《积古斋藏印谱》，归安姚觐元（彦侍）有《汉
印偶存》，钱唐黄易（小松）、嘉兴张廷济（叔未）皆有收
藏，尚为不多。惟歙人汪启淑（讱斋）《汉铜印丛》及《集古
印存》，有名于时，艺林宝之。番禺潘有为（毅堂）有《看篆
楼印谱》，多收程荔江旧物，相与颉颃。同治中，印归高要何
昆玉（蓬庵），有《吉金斋印谱》。旋售于潍县陈介祺寿卿，

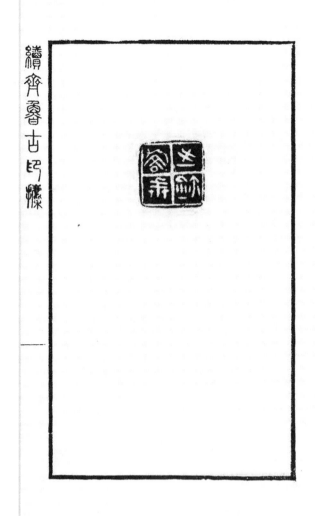

郭申堂《续齐鲁古印捃》书影（清光绪间刊本）

陈介祺《十钟山房印举》书影（民国间石印本）

入《十钟山房印举》，附益所藏，蔚为巨观。潍县高庆龄（南郑）有《齐鲁古印捃》，其同邑郭申堂有《续齐鲁古印捃》，三代古印，于焉大备。同时归安吴云（平斋）有《二百兰亭斋古印考藏》，吴县吴大澂（清卿）有《十六金符斋印谱》，海丰吴式芬（子苾）有《双虞壶斋印谱》，道州何绍基（子贞）有《颐素轩印存》，永明周銮诒（季贶）有《净砚斋印谱》，以及益都孙文楷之《稽庵古印笺》、石埭徐子静之《观自得斋印谱》，皆称一时之选。丹徒刘鹗（铁云），又集福山王懿荣（廉生）诸家之藏，成《铁云藏印》，仅存谱录而叙释未详，终于散佚，可为惋惜者矣！王石经（西泉）、田镕叙（铸叔）、高鸿裁（苑伯）、刘嘉颖（实夫），又尝集合当时名公巨卿及私家所藏周玺甚夥，拓成卷帙。而流传颇尠，曾一寓目，今不获见之也。

考证经史之阙误

缪篆官私印资于考史　奇字大小鉨兼以证经

前清乾嘉以前，经学家墨守许氏《说文》，古籀文字，辍而不讲。三代周秦之印，以其形状诡异，不易辨识，咸谓官私古印，足以补史乘之阙误恒多，而证经籍之异同良寡。以为官印尤可以证古官制，谓古制之难考，莫官职若。汉以下史志，晋、北魏之外多阙，南唐得齐职制，惟徐铉一人知之，而亦不传。盖《周官》之后，直至《唐六典》，始有专书，书阙有间，由来远矣。海盐黄锡蕃（椒升）有《续古印式》，以为元吾子行著《古印式》二册，一为官印，一为私印，向无印本。其书虽不得见，而《三十五举》已详言之。因以其自藏印，就印之有合于所举者，分列其式，旁参他说，间附己意，分为二卷，于汉官职多所征引，于晋蛮夷佽印参考尤详。

黄椒升《续古印式》考骑部曲将印云：两汉《表》《志》有骑都尉、屯骑、散骑、越骑、骠骑、车骑、校尉、将军之

部曲将印　　　　　武猛都尉　　　　　车骑左都尉

属，而无此官。然公孙敖为骑将军，公孙贺为骑士，张释之为骑郎，毛释之为郎骑，傅宽为左骑将，石阳喜为郎中骑，王虞人为骑司马，李广为骑之将主骑郎，樊哙为郎中骑将，而《表》《志》亦略之。

又晋率善傓佰长印，椒升得之，访钱大昕（竹汀）于吴门。钱竹汀云："傓，必南蛮部族之称。《后汉书·板楯传》：杀人者得以傓钱赎之。章怀注引何承天《纂文》云：傓，蛮夷赎罪货也。因谓钱已是货，何必更言。……据下文云'七姓不输租赋，余户岁入賨钱，口四十'，则賨与傓皆蛮部落之号，征賨钱以代租赋，征傓钱以赎罪，其义一也。章怀以傓为赎货之名，盖失其旨，得此印证之益白矣。"（见《十驾斋养新录》卷十五。）

晋鲜卑率善佰长

晋高句骊率善佰长

晋乌丸归义侯

晋屠杏率善仟长

嘉定瞿中溶（木夫）集元明以来诸家藏古印谱，自杨遵、王常、吴观均、赵宧光、金惟骙而后，至于汪启淑、查淳、汤燧等之所辑，兼收博采，成《集古官印考证》。尝以古印谱悉多官私并收，有图无说；即间有论断，如《学古编》亦止就其篆刻形制求之，顾氏《集古印谱》于私印既未免以意牵合，官印则疏略尤多，因博访收藏之家，证以正史中官制地理，正其讹谬。三十余年，自汉魏讫于宋元，集官印九百余种，厘为十七卷，又附《虎符鱼符》一卷。吴窥斋云，曩在里门，假馆外王父韩履卿宝铁斋，于翁叔均处得睹此书目录一编。及后视学秦中，获交瞿木夫子经莘，展卷读其全书，考据之确，足为读史者资考镜也。

归安吴云（平斋），取汉官印排比考证，勒为一编。冯桂芬（景庭）称其笃学考古，至老不疲，考订金石文字，确有依据，一字之疑，穷日夜讨索不置。仪征阮氏、嘉兴张氏、苏州曹氏，藏吉金为东南称最。乱后散失，往往于市肆物色得之，不惜解衣质买，人以比之王元美。所著印谱，如《古铜印存》之外，又有《古官印考》六卷、《考印漫存》九卷。其书大致与瞿木夫《集古官印考证》相类，诚有功于稽史者焉。其时王

尚浴

緁伃妾娟

廉生得"尚浴"印，价至数百金；龚定庵得"缧仔妾媚"印，为筑宝燕阁，遂有"私印欲其史，官印欲其不史"之论。盖官名不见于史，是可补古史也；人名大暴于史，是亦发思古之深情云。

自程瑶田（让堂）序潘氏《看篆楼印谱》言：丁未中秋，毅堂邀往鉴所藏印。时阳城张古余、安邑宋芝山同主其家，相与发箧而遍观之，于两面印识"田乃始"印，一面"田"作"手"，有象井田中三夫共一遂之义，遂必入于沟，故出三夫外。遂何以不置于三夫之首，而必贯于其中？贯之则分为六，彼三夫也，此亦三夫也，遂在其中，所谓夫间有遂也。芝山指"王氏之坅"，曰"坅"为"玺"字。因检《汗简》"籀"字，箔箫之字，无当于印章，自芝山言之，知亦"玺"字耳。刘熙之释"印"字曰：信也，所以封物以为验也；亦言因也，封物相因付也。以为"玺"从"土"者，从"封"省也。然据许《说文》，玺，王者印也，所以主土。而于古者玺则尊卑共之，秦汉以来，惟至尊称玺，其说相戾。"土"从"封"省，即古"封"字。观"敬封"小钵，"封"亦从"土"，尤为了

古代章印中"玺"字不同写法

然。私玺之"玺",直省从尔,爾、尔通用,无容疑也。

潘伯寅序《齐鲁古印捃》言:自三代至秦皆曰"鉨",即古"玺"字,从金从尔声。坅,有土者之印。高君所得玺印六百余,可补鼎彝文字所不及。王廉生言,玺之具官名者,是周秦之际,如司徒、司马、司工、司成之属,半皆周官。又司禄一官,今《周礼》下注阙,而玺印中有之。又宋书升言,子夏易传,遘卦文辞"系于金鑈"晋鲜卑率善佰长,尔、爾既通用,鑈当为鉨之别体。近经学家引《易》作欐,云络丝树,遂谓鑈与欐通,于《易》为假借字,何害正义之为鑈耶?古人重耳治之学,专藉爾、尔以定声,《说文》不载"鉨"字;汉世印中已不行此字,故略之耳。立说最确。南郑之甥郭申堂,嗜学耽古,喜聚书,以余力为金石学,藏三代、秦汉鉨印。有古大鉨,文曰"易向邑聚徒卢之鉨"。成《续齐鲁古印捃》十六册,以此印冠其首。吴清卿集《十六金符斋印谱》,亦假之郭氏所藏,即《周礼》之玺节,可以奉为海内瑰宝。金石可证先圣遗籍,得是又见经中古器形制,宜嗜古者珍赏之也。

宋书升释文曰:"易向邑聚徒卢之鉨",《春秋》"阳"三见:文公六年,晋杀其大夫阳处父。阳为处父食邑。《一统志》云:山西太原府太谷县东,有故阳城,汉为阳邑,晋大夫阳处父邑。昭公十五年,齐高偃帅师纳北燕伯于阳。杜预注:阳即唐,燕别邑,中山有唐县。今直隶保定府唐县东,有汉唐县故城,即其地。闵公二年,齐人迁阳。杜预注:国名。《世族谱》云:土地名,阙,不知所在。案,《汉・志》阳都下,应劭注:齐人迁阳,故阳国是阳都,在今山东沂州府沂水县境。

阳向邑聚徙卢玺（黄宾虹释）

此鉨确出沂水界中，则易即阳国。《礼·坊记》曰：阳侯杀缪侯而窃其夫人。盖当时亦强大之国也。"𤰞"当是"向"字。《春秋》：宣公四年，伐莒取向。杜预注：莒邑东海承县东南有向城。注所指为今在兰山境之向城镇，儒者多以为非。《寰宇记》：莒州南七十里有向城。此去莒为近，经书取向，当是在承县向城，即此鉨"向邑"之"向"。盖阳都在沂水西南葛沟西，向城镇在兰山西南泇河东，两地相距百余里，当时必为其属地。篆文加"邑"作"𤰞"者，识别之文，亦犹"樊"或作"鷭"，"祭"或作"鄈"，"奄"或作"郺"耳。"聖""聚"二字古通用。《说文》：聚，会也。一曰邑落曰聚。《汉·平帝纪》张晏注：聚，邑落也。皆谓邑之村落。曰"易向邑聚"，国大于邑，邑大于聚，相统之辞云云。（下略。）

篆刻名家之法古

青田寿山以石刻印之始

江浙皖闽派别不同

秦汉之间尤宜取法

古人刻印，不纪姓名。相传秦以蓝田玉制传国玺，此本卞和之璞，李斯所篆，孙寿刻之。魏晋以来，杨利、韦诞之伦，皆工摹印。盖史官执简，刀笔之用，其在三代，多属文臣。故能尺寸之间，圜转自如，治韧攻坚，以成绝艺。周之钟鼎，汉魏之碑碣，莫不皆然。所以刻画铭辞，垂诸久远，历有年所，不能废之。后人托志柔豪，致力缣素，籀篆锲刀之学，赖有刻印之士，研求六书，手摹心追，不绝如线。自唐讫宋，渐变古法，趋向工整。《宣和印史》，先存矩镬。有钱舜举、赵子昂治朱文印，圆劲停匀，多玉箸之遗意。象齿犀角，施用最宜。会稽王冕，自号煮石山农，创用青田花乳，刻成石章。又有寿山石，出闽之侯官县，亦发明于元明之间。最初有寺僧，见

赵氏书印（赵孟頫）

舜举（钱选）

其石有五色，晶莹如玉，琢为牟尼珠串，云游四方。好事者以其可镂可刻，用以制印。清初耿精忠据闽，特用兵力，罗掘殆尽。自有青田、寿山、昌化等石刻印，范金琢玉，专属工匠；学士文人，偶尔奏刀，遂夸雅事，篆法章法，弃置弗道，意不逮古，流为孱弱。或者宗尚汉印，自信太过，其弊也泐蚀以为古，重腿以为厚，俪规裂矩以为奇，描摹雕饰以为巧。相沿日久，遂成习气，滔滔不返，可胜慨哉！

宋迁临安，江南人文称极盛。有明以来，五百年中，篆刻之学，所可言者，皖南之宣、歙。明季何震，最负盛名。胡曰从，务趋醇正。程邃自号垢道人，朱文仿秦小钵，最为奇古。迨于康雍，黄吕（凤六）、黄宗绎（桐谷），力师汉京，得其正传。乾嘉之时，汪肇龙（稚川）、巴慰祖（予藉）、胡长庚（西甫）、程芝华（萝裳），成《古蜗篆居印谱》。邓石如（顽伯）稍变其法，大畅厥宗。至黄穆甫，又为一变。江浙之间，文彭、苏宣、归昌世、顾苓四家，最称大雅。

西泠嗣起，丁敬（龙泓）、蒋仁（山堂）、奚冈（铁生）、黄易（小松），亦称四家。陈鸿寿（曼生）、胡震（鼻山）、赵之琛（次闲）继之。赵之谦（扷叔）极推崇巴予藉，而师两汉。皆可取法。闽派自练元素、薛穆生、蓝采饮三家为之倡始，世称莆田派，谓之野狐禅。齐鲁之地，尹彭辞、王镕叡，皆能平方正直，治印近于莽印。南方学者，间法晋魏蛮夷官印，近年咸摹秦小钵。然朱文奇字印既不易摹，亦不易识。惟周秦之间，印多小篆，书法优美，字体明晓，白文自然，深有古趣。朱竹垞《赠缪篆顾生诗》有云："其文虽参差，离合

磨兜坚室（蒋仁）

金石癖（黄易）

频罗庵主（奚冈）

寄鹤轩（胡震）

各有伦。后人昧遗制，但取字画匀。"观其参差，明于离合，一印虽微，可与寻丈摩厓、千钧重器同其精妙。近古以来，摹刻名家，无有能为之者。诚以醇而后肆，非可伪造，神似之难，等于周印，刀法之妙，宜求笔法，貌合成章，失之远矣。闲章杂印，间用吉语，雕刻人物，源于肖形，偶然游戏，无惭大雅。惟斋堂馆阁、图书收藏印记，或宗宋元。虽唐王涯已有"永存珍秘"，金章宗有明昌七印，即为滥觞。冯仁可称赵松雪朱文圆融而有生趣，米元章印平妥而有筋骨，梅花道人板而有理，皆冠冕堂皇，不失于正，似未可以偏废。

女子治印，卓然名家，明有史痴翁姬何玉仙，号白云道人；清有梁千秋姬韩约素，号钿阁女子，俱臻工妙。

　　至若印用俗语，如周栎园有大印，文曰"我在青州做一领布衫重七斤"，本赵州和尚语，或其曾任青州道时刻此耶？又金堡尺牍下钤一印曰"军汉出家"，盖已当易代后，在丹霞与人书如此。又武虚谷博雅嗜古，著有《援经堂金石跋》及《偃师金石记》，尝跋古帖，钤一印文曰"打番汉儿"，"打"作"钉"，是其为偃师令时，曾笞杖京营步军统领番役，上官惧触和相怒，遂严劾之。武虽以此罢官，而直声遍内外。此类甚多，皆不可取以为法。虽曰雕虫小技，道有可观，其在斯乎，未可忽也。

　　陈簠斋论印，谓有其说，而无其物，殊觉无味。今略存印拓，以窥一斑。附之简端，饷同嗜焉。

夏商肖形印

周奇字印

新莽印

古玺反文

古印突缘

朱文联珠

穿带印

周秦刻文

魏佥伯长

周秦印谈

周秦印谈

　　或有问于余曰：洹水殷契，指曰赝鼎；秦印朱文，号为六朝，议论纷纭，莫衷一是。子胡不许、郑之墨守，而沾沾于三代为也？一印之微，单词剩义，搜剔丛残，愒时玩日，果有说乎？余应之曰：唯唯否否。在先哲人，道弼于中，禳之以艺。古今制作，嬗变因之。首观文字，次论形式，物质色泽，鉴赏收藏，固其下也。近百余年，士夫考订金石，骎骎日盛。簠斋万印，窀斋千钵，器物虽小，搜集益繁。始知前人谱录，虽云秦汉，多自新莽，迄于六朝，陈陈相因，编次成帙。而先秦前汉之遗，恒视为不合六书而摈斥之，甚或糅杂宋仿，珍若瑰宝。言秦玺者，传本有二：曰"受天之命皇帝寿昌"，向巨源也。曰"受命于天既寿永昌"，蔡仲平也。玺方四寸，纽交盘龙，文字临摹，支离已甚，谓出斯手，当不其然。至于小玺官印，悉取平方正直，文字如莽泉货布，非不精美，殊乏古致。盖印谱之作，昉自宣和，宋元而后，其书不传。杨克一《集古印格》、王厚之《复斋印谱》、颜叔夏《古印式》、姜夔《集古印》、吾丘衍《古印式》、赵子昂《印史》，久已无存。所得见者，云间潘源常，江都张学礼，京口刘汝立，金陵甘旭、朱简，各家印谱行世者，要皆以上海顾汝修《印薮》为蓝本。而惟歙人罗王常《集古印谱》甄择尤精，为辨出宋元印十之二而删订之，似驾顾氏《印薮》而上。惟谓未识私印，及子孙、日利、单字、象形等印，附于卷末，仅志铜玉诸纽形式，为坛、为鼻、为覆斗、为子母、为两面之类。中有周秦古印，全无考释，杂厕于汉魏唐宋之间，芜秽芟除，犹有未尽，岂不惜哉！

三代无印，斯言发于吾丘子行，固非不知《周礼》所谓节玺，郑注谓玺即今之印章；《周书》曰"汤放桀，大会诸侯，取玺置天子之座"；《淮南子》言"鲁君召子贡，授以大将军印"，稽之载籍，班班可考，代远年湮，既经秦火，咸阳一炬，彝器销亡。正如许叔重《说文叙》所云："郡国亦往往于山川得鼎彝，其铭即前代之古文。"而《说文》所收古文，又与鼎彝文字不类。今见周秦古印，恒多六国文字，每合于《说文》之古文。因知吾丘子行言多见故家藏汉印，字皆方正，近乎隶书，此即摹印篆也。吾丘子行之不见周秦古印，犹之许叔重不见山川所得鼎彝。其谓三代时却又无印，是据赵宋之世，绝少周秦古印；虽有，字皆反而不可印，所以云然。而实未明平方正直之文字，只可以论东汉之印，未可以说周秦古印。两汉隶书，且分有波无波，显然各殊。秦隶八分，文别款识，印近隶体，宜取为证。西汉隶书石刻，一娄山上酬，二凤皇、三鲁孝王，四朱博残碑，五上谷府卿坟坛、祝其卿坟坛，六莱子

弓敝

杨得

赵晃

中行羞府

右司空印

侯。后世所存，寥寥数种，皆无波隶，与东汉隶书有波磔者异。吴窊斋言，秦汉以前，古印文字，流利生动。西汉去古未远，其意尚存。斯论甚确。印中一种白文有阑，形式似周印，字体近小篆，颇难辨其为晚周，为先秦，为西汉，陈簠斋名之曰周秦之间。又一种坛纽，白文无阑，字体近汉印，颇多诡异，尤觉奇古，前人浑杂于私印之中，未遑审察，似当列入周秦之间，不得以寻常私印视之者，未可忽也。

至若朱文小印，概称秦印。近代篆刻家沿习旧说，谓为六朝印，非也。秦印文字，诡变恢奇，证之古陶古泉、三体石经、汗简古文，多有合者，是即六国时代器物无疑。与汉魏六朝朱文之子母印，及朱白相间之文私印不同，独有朱文、白文周印。大者径寸，小或累黍。中有"玺"字，"爾"省作"尒"，从土从金，变体不一。审释文字，要以地名、官名、人名为多。笔画结构，布白分行，较之甲骨彝器雄奇浑厚、趣味横溢，不相上下。旧有印谱精拓，如武平郭宗昌《松谈阁印史》、四明范大澈《集古印谱》、太仓赵宧光《摹古印谱》、

当湖陆光旭《居易轩汉印谱》、长沙吴观均《稽古斋印谱》、
歙汪启淑《古铜印丛》及《集古印存》，搜罗富有，尚于周印
曾不多觏，且不能明其为周秦时代而分别之，美犹有憾。而洪
稚存释"玺"，言古人制玺，皆以土为之，引《吕氏春秋·适
威篇》"若玺之于涂也，抑之以方则方，抑之以圜则圜"。此
误以陶玺为古制，不知蔡邕《独断》"玺，古者尊卑用之"。
卫宏言秦以前，民皆以金玉为印，惟其好。《月令》孟冬之
月，"固封玺"。古印用泥封，印有方圜，质有铜玉。经学之
士，专考经籍，未睹古物制作，是为失之。篆刻摹秦印，自歙
程穆倩，以诗文书画奔走天下，偶然作印，力变文寿承、何
主臣旧习，崇尚古文。当时非之者曰，舍秦汉而必曰三代钟鼎
之文，此固为好奇而已。然知古印中有秦小玺，应自穆倩始。
洎程易畴叙南海《听帆楼印谱》，释"坯"之为"玺"，因知
有周印。潘伯寅有论周印诗云："篆斋初入谱，刀币六书通。
似在先秦上，曾收掇古中。官偕名异制，铸与凿同工。吾桂何
曾见，休论厉太鸿。"是言周印自陈寿卿入印谱，吴子苾著
《掇古录》，为吾丘子行、桂未谷所未见，又何论厉樊榭耶？

武关㢭钵

菑川王玺

张孝达和诗云："啸堂集古印，尚不及先秦。岂知苍姬物，累累弥足珍。吾衍创异说，凿空徒纷纭。玺书与玺节，乃忘经传文。"又云："缪篆已绝学，殊异六书云。陈吴勿侈大，鼎足将在君。"是言吾丘子行《学古编》谓三代无印之非，缪篆摹印，不必合于六书。陈寿卿得周印二，吴子苾得周印六，文有"玺"字，可为周印之证。然不特此也，福山王廉生于蜀得大圜印，其文奇古不可识。光绪辛巳秋，簠斋手拓装成册页，且谓为非夏即商，诧云异品。余游蜀中，亦于市上购得大圜印，文中有"申"字，结体相类。既而有人携成都梁氏印谱来，即以此印冠其首。询知藏于梁氏二百余年矣。按，《诗》毛传：尧之时，姜氏为四伯，于周则有甫有申，有齐有许。《史记·齐太公世家》云：太公望吕尚者，虞夏之际封于吕，或封于申，姓姜氏。夏商之时，申吕或封枝庶，子孙或为庶人。尚其苗裔，本姓姜氏；从其封姓，故曰吕尚。《国语》：尧胙四岳国，命为侯伯，申吕虽衰，齐许犹在。李爱伯（慈铭）咏邰钟诗，注云：《春秋》不见有甫国诗，王风以戍申、戍甫、戍许并言，谓昔有申吕，今有齐许耳。足以想见申为古国，远在夏商之时，此即其分封之节玺耶？吴愙斋言古印皆当时通行文字。六国时人好异，所见古印文字，往往有不可识。《汉书·艺文志》，六体者，古文、奇字、篆书、隶书、缪篆、虫书，皆所以通知古今文字。摹印章，书幡信也。周秦古印文字，书之时代，似乎难分，簠斋谓多见可定。李斯之书，今既衰集。其古于斯者，即周末书。秦汉印相近，惟书与印制少异，异于汉者即秦印。由此推之，虽言夏商，亦不为过。

今有其说，不见器物，甚为无谓，兹附印拓，备观览焉。附拓夏商印一、周印二、秦印二，三纸计五组，别有考释，俟录出。

王字上下文不可识，^组疑"众"字。

申夏，商古国名。福山王氏大圜印有"申"字同。

上据陈簠斋说，当为夏商时古印。

官鉢新邦　右行文字　　　　　匈奴相邦　玉印

右周文一铜一印，玉印王静安氏有文录刻《观堂集林》中。

邦氏马印　铜印

孟邦　玉印